COLLECTION FOLIO

Élisabeth Gille

Le crabe sur la banquette arrière

Mercure de France

Née en 1937, Élisabeth Gille a fait toute sa carrière dans l'édition. Directrice littéraire et traductrice, elle a publié en 1992 *Le Mirador,* « Mémoires rêvés » de sa mère, l'écrivain Irène Némirovsky.

Pour Jean-Marc

MARGUERITE : Tu vas mourir dans une heure et demie, tu vas mourir à la fin du spectacle.

MARIE : Mon Dieu !

LE MÉDECIN : Oui, Sire, vous allez mourir. Vous n'aurez pas votre petit déjeuner demain matin. Pas de dîner ce soir non plus. Le cuisinier a éteint le gaz. Il rend son tablier. Il range pour l'éternité les nappes et les serviettes dans le placard.

EUGÈNE IONESCO
Le roi se meurt

AVANT

Soignée depuis six ans pour une tumeur au sein qui, quoique maligne, s'est inclinée avec bonne grâce devant un traitement bénin, la malade se fait conduire à l'hôpital par son fils de trente ans. Cette visite, espère-t-elle, sera la dernière. Ravis de se retrouver, mère et fils bavardent sans prêter grande attention au décor. Elle lui raconte ses premières journées, enchanteresses, dans la maison d'édition qui vient de la séduire. Il tente, toujours avec le même insuccès, de lui expliquer le fonctionnement d'un ordinateur. Dans cette atmosphère de franche gaieté, le fils prend la mauvaise sortie du périphérique et traverse étourdiment deux lignes jaunes pour rattraper la bonne direction. Un énorme flic, embusqué dans les buissons, lui fait signe de s'arrêter et contourne par trois fois la voiture en silence tout en se frottant les mains avec délectation.

L'ÉNORME FLIC *(casqué, botté, lunetté)* : — Vos papiers.

LA MALADE *(jetant toute pudeur aux orties, sur un ton à la fois plaintif et avenant)* : — Monsieur l'agent, je vous en prie, il faut excuser mon fils. Il est extrêmement perturbé. Nous sommes déjà en retard chez l'éminent cancérologue avec lequel j'ai rendez-vous. Voyez les radios sur la banquette arrière.

L'ÉNORME FLIC *(s'arrêtant à la portière après avoir refait trois tours de la voiture en sens inverse)* : — Madame, vu la façon dont votre fils conduit, vous risquez dix fois plus de succomber à un accident de la route qu'à un éventuel cancer. Allez, circulez.

LA MALADE À SON FILS : — Tu vois, mon chéri, comme je te l'ai toujours dit, à quelque chose malheur est bon. Ce cancer me devait bien ça. C'est sans doute la dernière fois que j'entends parler de lui : autant en profiter.

À l'hôpital, au bout de couloirs dont les parois vert pâle semblent dire aux patients « Espérez mais pas trop », attend le cancérologue, courtois, élégant, la cravate discrète et les souliers cirés.

LE CANCÉROLOGUE : — Eh bien, chère amie, vous voilà sortie de cette petite affaire. Quelques médicaments encore, des examens tous les ans et nous n'aurons à nous revoir qu'en cas d'incident, ce qui me paraît improbable. Voici votre ordonnance... Ah, montrez-moi quand même vos dernières radios.

LA MALADE *(mal remise de son fou rire)* : — Vous allez vous ennuyer, professeur. Elles sont aussi normales que d'habitude. Le compte rendu ne fait pas plus de trois lignes. Hormis la découverte de cette tumeur il y a six ans, tous mes examens ont toujours été d'une banalité totale.

Le cancérologue, élevant à la lumière, pendant ce discours, la radio du poumon, a un hoquet de surprise.

LE CANCÉROLOGUE : — Ah, diable !

LA MALADE : — Mais encore ?

LE CANCÉROLOGUE : — Il y a là un petit quelque chose qui ne me paraît pas absolument conforme à vos dires. Retournez donc voir votre radiologue et demandez-lui un autre cliché.

LA MALADE : — Quand ? Je suis assez occupée actuellement.

LE CANCÉROLOGUE : — Dès demain.

Le lendemain, la malade s'exécute. Le radiologue, grand jeune homme blond en chemise large et pantalon à pinces, la reçoit dans son bureau. Il a aligné les clichés sur sa paroi lumineuse et les contemple en battant la mesure des deux index sur un rythme de jazz.

LE RADIOLOGUE : — Qu'est-ce qu'il a dans la tête, votre cancérologue ? Il voit des cancers partout. Vous avez simplement les bronches enflammées, ce qui est la moindre des choses avec vos quarante cigarettes par jour.

LA MALADE : — Mais, docteur, vous me disiez il y a encore une semaine que, contrairement à toutes les lois de la nature et de la médecine, j'avais les bronches en parfait état.

LE RADIOLOGUE : — Eh bien, tout finit par se payer un jour. Maintenant vous avez une bonne bronchite. À part ça, s'il veut vraiment en avoir le cœur net, qu'il vous envoie passer un scanner. Mais c'est gaspiller votre argent et celui de la Sécurité sociale. Il est vrai qu'il s'en fout.

La malade est couchée sur une table à la largeur sadiquement calculée pour empêcher son bras gauche, percé d'une grosse seringue, de se poser. La table glisse par à-coups d'avant en arrière et d'arrière en avant. De petites lumières clignotent. Le buste dans un tunnel, la malade n'est reliée au monde que par un haut-parleur.

LE HAUT-PARLEUR *(sur un ton comminatoire) :* — Respirez, madame, ne respirez plus. Respirez, madame, ne respirez plus.

La malade obéit.

LE HAUT-PARLEUR : — Je suis allée les voir, ces chaussures dont tu m'as parlé, tu sais, dans la vitrine du soldeur, rue d'Alésia. Mais, bien entendu, il n'y avait pas ma taille : plus que du 35 ou du 42. Quelle arnaque.

UN INFIRMIER *(apparaissant)* : — C'est bien un scanner du poumon gauche qu'on vous a demandé ? Parce qu'il y a une cicatrice du côté du sein droit.

LA MALADE : — Oui, oui, la cicatrice, c'est un vieux truc.

LE HAUT-PARLEUR : — Respirez, madame, ne respirez plus... Dis donc, tu as décidé où tu allais en vacances, finalement ? Si tu veux du soleil en décembre, crois-moi, va aux Canaries.

LE DEUXIÈME RADIOLOGUE : — Bon, madame, c'est fini. Vous allez pouvoir vous rhabiller.

LA MALADE : — Vous avez vu quelque chose ?

LE DEUXIÈME RADIOLOGUE : — Oh non, non, rien du tout. Ça va bien, très bien. Aucun problème, mais alors aucun, sinon peut-être une toute, toute petite inflammation du sommet gauche. Que voulez-vous, avec vos deux paquets de cigarettes par jour. Revenez chercher vos résultats dans deux heures.

LA MALADE *(lisant ses résultats deux heures plus tard dans la salle d'attente désertée)* : « Les coupes pratiquées objectivent une très volumineuse formation lobaire supérieure gauche, de siège essentiellement apico-dorsal avec petit alvéologramme et petit bronchogramme en son sein. À confronter, compte tenu du contexte clinique et biologique, aux données d'une fibroscopie et d'un prélèvement. »

La malade, qui a déjà vécu la scène six ans plus tôt, sait bien qu'il est impossible de soutirer une vérité à un radiologue. Elle cherche pourtant des yeux une infirmière ou un médecin capable de lui traduire en français courant ce texte moldovalaque qui, malgré son ignorance, lui paraît bruire d'échos démesurés par rapport à ce qu'on lui annonçait tout à l'heure. Mais la pièce, qui grouillait de blouses blanches, s'est vidée comme par enchantement et il n'y a plus là que la standardiste somnolant sur son ordinateur.

Huit jours se passent. La malade est convoquée pour une fibroscopie. Après avoir rempli plusieurs formulaires, elle entre dans une cabine, s'y déshabille comme on l'a invitée à le faire, plie ses vêtements dans un panier métallique semblable à ceux des piscines de son enfance et revêt un peignoir en papier rose du plus charmant effet. Une heure s'écoule en tête à tête avec les murs de la cabine.

UNE INFIRMIÈRE : — Ah vous êtes là, vous, on vous avait oubliée.

LA MALADE *(pleine d'espoir)* : — On remet ça à demain ?

L'INFIRMIÈRE : — Non, non. Il y a sûrement encore dans le coin un interne capable de faire une fibro.

Véhiculée à toute allure dans les couloirs sur une civière qui négocie les virages comme si elle disputait une course de formule 1, la malade débouche, deux portes battantes plus tard, dans une sorte d'usine où se côtoient, par rangées de dix, des formes couchées, elles aussi en peignoir rose, les bras truffés de tuyaux et plongées dans différentes étapes de l'abrutissement.

L'INFIRMIÈRE : — Docteur, encore une fibro.

LE MÉDECIN : — Ah zut, elle ne peut pas revenir plus tard ?

LA MALADE : — Si, si.

L'INFIRMIÈRE : — Non, non.

LE MÉDECIN *(approchant, son calepin en main)* : — Nom ? Âge ? Médecin traitant ? Scanner ? Néo du sein ? Fumeuse ? Deux paquets par jour ? Ah ah. Comptez jusqu'à cinq.

LA MALADE *(à qui l'infirmière a traîtreusement*

enfoncé une aiguille dans le bras) : — Mais je ne dors pas, je...

LE MÉDECIN : — Cause toujours.

Une demi-heure plus tard. La malade ouvre un œil.

LE MÉDECIN *(fou de rage)* : — Vous n'avez rien, rien. Des bronches incroyablement non inflammatoires malgré vos... malgré vos quatorze mille six cents cigarettes par an depuis quarante ans, voyons, j'ajoute un zéro et je ne retiens rien, cinq cent quatre-vingt-quatre mille cigarettes en tout, pas une cellule suspecte, j'ai cherché partout, j'ai fouillé les bronches, les bronchioles, sondé le parenchyme, rien. C'est injuste, voire scandaleux, rien. Tenez, passez donc dans la pièce voisine, soufflez dans ce tuyau, laissez-moi vous piquer le lobe de l'oreille. C'est bien ce que je pensais : une capacité respiratoire intacte, un taux d'oxygène qui ferait la fierté d'un sportif de haut niveau.

Deux jours plus tard, la malade devant son cancérologue, toujours aussi impeccable.

LE CANCÉROLOGUE : — Ah, chère amie, la fibroscopie négative ? Les prélèvements négatifs ? La technique n'est pas infaillible, vous savez. Montrez-moi donc cette nouvelle radio. Écoutez, croyez-moi, allez trouver de ma part ce vieil ami chirurgien. Il vous ouvrira et puis, mon Dieu, s'il ne découvre rien, j'en serai le premier ravi, eh bien, il vous refermera... Oh, excusez-moi. *(Il vient de découvrir que, la malade ayant pataugé dans la gadoue qui entoure l'hôpital, des traces de pas souillent sa moquette claire. Il se lève précipitamment, va chercher un chiffon et frotte, non sans avoir relevé, pour s'agenouiller, les plis de son pantalon.)*

LA MALADE : — Professeur, je suis confuse. Hum, s'agit-il d'une opération douloureuse ?

LE CANCÉROLOGUE *(époussetant son pantalon d'une chiquenaude)* : — Pas du tout, pas du tout. Ah baste, peut-être un peu s'il faut toucher à la plèvre, mais vraiment à peine. Et puis, on vit très bien avec un seul poumon, vous verrez.

LA MALADE : — Parce que vous pensez que...

LE CANCÉROLOGUE : — C'est probable.

Deux semaines plus tard, dans la salle d'attente de la clinique. L'âge moyen semble être d'environ quatre-vingts ans, les patients venant pour la plupart y faire changer les piles de leur pacemaker. Entre un vieux monsieur à l'épaisse chevelure neigeuse, apparemment un peu plus âgé que les autres. La malade, à qui l'on a appris à respecter les cheveux blancs, s'écarte pour lui ménager une place sur le banc.

LE VIEUX MONSIEUR : — Si vous voulez me suivre ? Je suis votre chirurgien.

LA MALADE *(atterrée)* : — Enchantée.

LE VIEUX MONSIEUR *(après avoir consulté les radios, scanners, fibroscopies, résultats de prélèvements, etc., et feuilleté son agenda)* : — Bon, eh bien, si ça vous va, je vous opère le 2.

LA MALADE *(timidement)* : — Oui, docteur, mais de quoi ?

LE VIEUX MONSIEUR *(éclatant de rire)* : — De quoi ? Mais de votre cancer, bien sûr.

LA MALADE : — Parce que vous êtes certain que c'est un cancer ?

LE VIEUX MONSIEUR : — Ça, il n'y a aucun doute, qu'est-ce que vous croyez ? Mais ne vous en faites pas, de nos jours on les guérit à cinquante pour cent.

LA MALADE *(pensant aux cinquante pour cent qui ne guérissent pas)* : — C'est une statistique très encourageante. Merci, docteur.

LE CANCER DU SEIN *(que l'on croyait occis mais qui jouait paisiblement à saute-mouton d'une cellule à une autre, apostrophe le cancer du poumon)* : — Pousse-toi, tu prends toute la place.

À la maison, le téléphone inaugure une série ininterrompue de sonneries.

PREMIER COUP DE FIL : — Alors ?

LA MALADE : — C'est un cancer.

PREMIER COUP DE FIL : — Ne dis pas de sottises. Je t'ai déjà conseillée d'aller voir mon psychothérapeute. Tu devrais entamer une cure. Ça t'éviterait de sombrer dans la dépression.

DEUXIÈME COUP DE FIL : — Alors ?

LA MALADE : — C'est un cancer.

DEUXIÈME COUP DE FIL : — Ah bon ? Eh bien, j'espère que tu ne te laisses pas impressionner. Ça n'est plus rien de nos jours, tu le sais. Un coup de bistouri, une chimio (et il paraît qu'on ne perd même plus ses cheveux), une petite radiothérapie et tu seras remise à neuf. Tchao !

TROISIÈME COUP DE FIL : — Alors ?

LA MALADE : — C'est un cancer.

TROISIÈME COUP DE FIL : — Je le savais. C'était écrit sur ta figure. Tu avais une mine, mais une mine... Et puis ta toux, qui s'aggravait de jour en jour...

LA MALADE : — Je n'ai jamais toussé de ma vie. Et tu m'as toi-même trouvé une mine superbe à mon retour de vacances.

TROISIÈME COUP DE FIL : — Tu ne t'attendais quand même pas à ce que je te dise la vérité. Tout le monde sait combien le moral est important dans cette maladie-là.

QUATRIÈME COUP DE FIL : — Alors ?

LA MALADE : — C'est un cancer.

QUATRIÈME COUP DE FIL : — Ah tu vois, je te l'avais bien dit, avec tes cigarettes. C'est le cancer du fumeur, évidemment ?

LA MALADE : — Mon médecin n'a pas été si catégorique.

QUATRIÈME COUP DE FIL : — Il a eu tort. Dans ces cas-là, le tact, ça ne sert à rien.

CINQUIÈME COUP DE FIL : — Alors ?

LA MALADE : — C'est un cancer.

CINQUIÈME COUP DE FIL : — Oh, ma pauvre chérie ! Mais ne t'inquiète pas, j'ai quelque part dans mon carnet le numéro d'un spécialiste. Tous mes amis se battent pour être opérés par lui. Il fait des miracles. Si tu appelles de ma part, tu auras un rendez-vous dans moins de trois mois.

LA MALADE : — Tu sais bien que je suis déjà soignée par un cancérologue en qui j'ai une confiance absolue.

CINQUIÈME COUP DE FIL : — 43 27 72 87. Et surtout n'oublie pas : appelle de ma part.

Le lendemain, au bureau. La malade va annoncer la nouvelle à son patron.

LE PATRON *(gras, rouge et suintant)* : — Ah non, ne prononcez pas ce mot-là devant moi. J'ai un problème du même ordre.

LA MALADE *(consternée à l'idée que la maison risque d'être doublement décapitée en même temps)* : — Ne me dites pas que...

LE PATRON : — Je passe une coloscopie dans deux semaines.

LA MALADE : — Mais vous avez des raisons de craindre quelque chose ?

LE PATRON : — Mon arrière-grand-père est mort d'un cancer du côlon. J'espérais que mon frère en hériterait. Mais il vient de passer le même examen et il dit qu'il n'a rien. C'est bien ma chance.

À l'hôpital. Veille de l'opération. Grâce à son pacemaker tout neuf, la voisine de chambre a trouvé l'énergie de raconter en détail à la malade son propre passage sur le billard quelque trente ans plus tôt, ses quatre accouchements, sa césarienne, son éventration, ses intestins perforés, son malaise cardiaque (l'épopée complète y compris trajets en ambulance et péripéties dans les divers hôpitaux et cliniques). Les fausses couches, inséminations artificielles, accouchements, forceps, césariennes de ses quatre filles et belles-filles. Le cancer du poumon de son mari, ses espoirs, ses rechutes, ses métastases, ses souffrances, les mensonges de ses médecins, son décès. La malade, à qui l'on a promis une chambre individuelle pour le lendemain, feint de s'endormir et, dès qu'elle entend le souffle régulier de sa voisine, sort sur la pointe des pieds pour aller lire sur le palier.

Jour de l'opération. Midi. Dans sa nouvelle chambre, la malade, en chemise rêche ouverte dans le dos, chaussons de toile et bonnet sur la tête, attend depuis six heures du matin qu'on vienne lui expliquer ce qui va se passer. Elle n'a extorqué, depuis son réveil, que quatorze mots en tout à ses divers visiteurs.

L'AIDE-SOIGNANTE : — Pas de petit déjeuner.

L'INFIRMIÈRE : — À tout à l'heure.

LE CHEF DE SERVICE : — Votre médecin... ? Lequel ? Pierre ou Jacques ?

LA MALADE : — Pierre. Dites, docteur...

À treize heures, un fracas métallique annonce l'arrivée d'une civière poussée par un grand Noir qui ouvre la porte et déclare :

LE GRAND NOIR : — On y va.

LA MALADE : — Mais on m'avait dit qu'on me ferait une prémédication une heure avant !

LE GRAND NOIR : — On ne vous l'a pas faite ?

L'INFIRMIÈRE *(appelée, engueulant la malade)* : — Eh bien, oui, on a oublié. On est tellement surchargé dans cet hôpital qu'on n'arrive plus à s'en tirer. Ah, les réformes ! Parlons-en des réformes ! Deux aides-soignantes pour tout l'étage. Et notre salaire, vous savez combien je gagne, moi, après vingt ans de travail ? Huit mille deux cent soixante-dix-huit francs net.

LA MALADE *(que le grand Noir a prise dans ses bras et délicatement déposée sur la civière pendant cette algarade)* : — Mais ma prémédication ?

L'INFIRMIÈRE : — Qu'est-ce que vous voulez que j'y fasse, moi ? C'est trop tard, évidemment. Si vous n'êtes pas contente, vous n'aurez qu'à me dénoncer au chirurgien. Huit mille deux cent soixante-dix-huit francs, primes comprises, bien sûr. Vous nourririez une famille avec ça ?

LA MALADE *(qui ne la nourrirait pas mais qui a actuellement d'autres soucis en tête, dont celui de rester en bons termes avec l'infirmière)* : — Non, non, c'est honteux.

Abandonnée par le grand Noir dans un réduit obscur où elle se morfond depuis une bonne demi-

heure, la malade s'est assise sur sa civière en attendant la suite des événements. Une fille de salle arrive, les bras chargés d'une pile de draps.

LA FILLE DE SALLE : — Tiens, qu'est-ce que vous faites là ?

LA MALADE : — J'attends d'être opérée.

LA FILLE DE SALLE : — Mais vous ne dormez pas ?

LA MALADE *(cafteuse)* : — Non, on a oublié de me donner ma prémédication.

LA FILLE DE SALLE : — Ça alors ! Quand je pense au salaire des infirmières alors qu'elles ne fichent rien. Vous voulez savoir combien je gagne, moi ? Six mille deux cent dix-neuf francs primes comprises. Enfin, je vais vous faire entrer dans la salle d'op. Au moins vous aurez de la lumière. Ça sera plus gai.

UN INTERNE *(entrant avec des radios)* : — Tiens, qu'est-ce que vous faites là ? Vous ne dormez pas ?

LA MALADE *(assise sur la table d'opération, rassemblant avec pudeur les deux pans de sa chemise ouverte)* : — On a oublié ma prémédication... Écoutez, docteur, puisque je ne dors pas et que c'est ma dernière occasion de voir mon poumon, si vous en profitiez pour me montrer ce cancer sur les clichés ?

LE CHIRURGIEN *(faisant son entrée, en blouse vert amande échancrée sur un torse velu)* : —

Tiens, qu'est-ce qu'elle fait là ? Elle ne dort pas ?

L'INTERNE : — Non, non, elle est réveillée comme une puce et elle veut voir son cancer.

LE CHIRURGIEN : — Où est l'anesthésiste ?

Un autre grand Noir arrivant sur ces entrefaites, un gros polochon gonflable sous le bras.

L'AUTRE GRAND NOIR : — Tiens, qu'est-ce qu'elle fait là ? Elle ne dort pas. Alors profitons-en, vous pesez combien ?

LA MALADE : — Cinquante kilos mais...

L'AUTRE GRAND NOIR : — Heureusement que je vous ai posé la question. Je vous en donnais dix de plus. Je me trompe toujours sur le poids des patients. Avec mon polochon gonflé comme ça, vous auriez sauté au plafond dès qu'on vous aurait touchée.

LA MALADE *(tremblant de froid, de peur et jacassant pour donner le change)* : — À quoi ça sert, ces instruments ? Et où est mon cancer, au bout du compte ? Et qu'est-ce que c'est que ce gros truc noir fixé au mur qui ressemble à une scie à métaux ?

L'INTERNE : — Un bistouri électrique.

LA MALADE *(claquant des dents)* : — Il est peut-être temps qu'on m'endorme ?

L'ANESTHÉSISTE : — Comptez à l'envers de dix-neuf à un par paire de deux.

Quatre heures plus tard. En salle de réveil.

LA MALADE *(un masque noir sur le nez)* : — Je ne peux plus respirer.

L'INTERNE : — Mais si.

LA MALADE : — Non, je vous assure. Au secours.

L'INTERNE : — Vous parlez, n'est-ce pas, madame ?

LA MALADE : — Oui.

L'INTERNE : — Comment pourriez-vous parler si vous ne respiriez pas ?

LA MALADE : — C'est vrai.

Dans la chambre.

LA MALADE : — J'ai mal.

L'INFIRMIÈRE *(payée huit mille deux cent soixante-dix-huit francs, primes comprises)* : — Vous vous attendiez à quoi ? Vous avez deux drains dans le poumon.

LA MALADE *(à qui l'on avait promis qu'elle ne souffrirait pas grâce à la pose d'un cathéter qui lui déverserait régulièrement dans le corps un dérivé de morphine)* : — Et mon cathéter ?

L'INFIRMIÈRE : — Parce que vous croyez que j'ai eu le temps d'aller chercher le produit ! Ah, si on avait des filles de salle en nombre suffisant ! Mais elles se considèrent comme mal payées. Alors, pour en recruter ! De toute façon, l'infirmière de nuit arrive dans un quart d'heure. Elle s'occupera de ça.

LA MALADE *(qui avait pris la précaution de dissimuler des calmants extorqués à un ami médecin un peu partout dans ses affaires — dans l'étui à lunettes, dans le tiroir de la table de nuit, entre les pages d'un livre — s'en glisse deux dans la bouche dès que l'infirmière a le dos tourné et déclare avec hypocrisie, pour détourner les soupçons)* : — J'attendrai.

Deux heures du matin. L'infirmière de nuit vient prendre la tension et la trouve considérablement affaiblie. La malade se sentait, il est vrai, la tête plus légère que de coutume mais attribuait cela aux divins effets du dérivé de morphine qui s'écoulait enfin dans son cathéter.

L'INFIRMIÈRE DE NUIT *(d'un ton grondeur)* : — Qu'est-ce que c'est que cette histoire ? Vous avez touché à votre perfusion ?

LA MALADE *(béate)* : — Ce produit est extraordinaire, vous savez. Je dirige mes rêves. Tenez, là, je suis dans la forêt, au bord d'un ruisseau, au milieu des petites fleurs qui embaument et des oiseaux qui gazouillent. Vous voulez venir ?

L'INFIRMIÈRE *(vérifiant le pansement du bras)* : — Ah, zut alors, l'aiguille est dans le sparadrap. Elle est probablement comme ça depuis la salle de réveil. Quand je pense à ce que touchent ces réanimateurs par rapport à mon salaire, ils pourraient au moins faire leur boulot. Bon, eh bien, je vais vous repiquer. Tant pis pour vous, qu'est-ce que vous voulez. Vous n'aurez qu'à vous plaindre à ma collègue. Elle aurait pu s'en apercevoir plus tôt.

Le lendemain, dix heures. Entrée en majesté du chef de service entouré de ses internes, de ses étudiants et de son infirmière-chef. L'œil du maître se fixe immédiatement sur une bouteille de vin qui prend le frais devant la fenêtre entrouverte : elle a été apportée la veille par un ami en prévision de jours meilleurs. Il s'en saisit, la hume et la passe sous le nez de ses disciples mâles.

LE CHEF DE SERVICE : — Sentez-moi ça, messieurs, un château-beychevelle 1978. Quel corps, quel jarret, quel bouquet. *(Se retournant vers la malade.)* Toutes mes félicitations, madame. Au fait, on vous a opérée hier. Et de quoi donc ?

LA MALADE *(toujours enivrée par son dérivé de morphine dont elle a subrepticement augmenté la dose)* : — D'un cancer du poumon.

Internes et étudiants toussotent d'un air gêné. Le chef de service arrache le dossier des mains de l'infirmière et le consulte à la hâte.

LE CHEF DE SERVICE : — Allons, allons. Voilà un mot qui n'est jamais employé en médecine. Disons que nous avons pratiqué sur votre poumon l'ablation du lobe supérieur gauche. Nous n'irons pas plus loin sur le plan du diagnostic. D'ailleurs, rassurez-vous, tout va pour le mieux, et buvez donc un verre de cet excellent vin dès que vous le pourrez pour vous remonter le moral.

Le même jour, onze heures. Arrivée de duettistes traînant une grosse machine. Ils s'installent au pied du lit et photographient la malade.

LA MALADE : — Tiens, qu'est-ce que c'est ? Vous photographiez quoi ?

L'UN DES DUETTISTES : — Vos poumons. Nous reviendrons tous les matins pendant votre séjour.

LA MALADE *(croyant faire de l'esprit)* : — Mais vous allez finir par me coller un cancer à force de me radiographier.

LES DUETTISTES *(se consultant du regard pour savoir si c'est du lard ou du cochon)* : — Voyons, il ne faut pas penser à des choses pareilles. Demandez donc un petit tranquillisant à votre infirmière.

Quinze jours après, la malade, sortie de l'hôpital, interroge du regard son cancérologue, lequel a entre-temps reçu les résultats de l'analyse pathologique.

LE CANCÉROLOGUE *(couvant la malade des yeux avec une admiration attendrie)* : — Eh bien, chère amie, vous nous en faites des farces. Un bronchiolo-alvéolaire, pas moins. Rare, très rare. Et un peu plus méchant que je ne le prévoyais au départ. Donc, bien sûr, chimiothérapie. Et puis une petite radiothérapie, peut-être ?

LA MALADE *(sous le choc mais feignant un détachement héroïque)* : — Combien de temps la chimio, professeur ?

LE CANCÉROLOGUE : — Oh, un an ou deux.

LA MALADE : — Je vais devoir arrêter de travailler ? Je vais perdre mes cheveux ?

LE CANCÉROLOGUE : — Qu'allez-vous chercher là ? Hormis une légère fatigue due au traitement plus qu'à la maladie, je ne vois rien qui vous empêche de reprendre vos activités.

Le lendemain, la malade retourne au bureau pour annoncer à son patron son très prochain retour.

Le patron (toujours rouge, gras et suintant) prend dans le tiroir de son bureau une bouteille de whisky hors d'âge et en verse une rasade à sa visiteuse avant de s'en remplir un verre.

LE PATRON : — J'ai bien réfléchi à notre problème. Pour tout vous dire, je n'ai pas fermé l'œil de la nuit. La décision est difficile à prendre mais je ne vois pas d'autre possibilité.

LA MALADE *(interloquée)* : — Quel problème ? Quelle décision ?

LE PATRON : — Je crois qu'il vaut mieux que nous nous séparions.

LA MALADE : — Je ne comprends pas. C'est ma maladie qui vous gêne ? Elle vous fait peur ?

LE PATRON : — Oh non, ce n'est pas à moi que je pense, vous savez. C'est à mon équipe. L'ambiance d'une maison, la culture d'entreprise, voilà qui est capital. Alors, vous comprenez, dans nos réunions, quand ils vous verront amaigrie, avec votre perruque... je crains que leur dynamisme n'en soit affecté. Ne croyez pas que je fasse ça de gaieté de cœur. Je vous le répète : je n'ai pas fermé l'œil de la nuit.

LA MALADE : — Mais je pensais que l'on n'avait pas le droit de licencier quelqu'un pendant une maladie.

LE PATRON : — Vous m'avez envoyé hier votre avis de reprise du travail. J'ai d'ailleurs été enchanté de le recevoir. Il me prouve que vous allez mieux. Allez donc voir mon comptable. Vous constaterez que vos indemnités sont très confortables. Contrairement à ce que vous avez l'air de croire, je ne suis pas un monstre, vous savez.

PENDANT

La malade est en chimiothérapie à raison de piqûres intramusculaires toutes les deux semaines. Plus des sous-cutanées quotidiennes d'interféron. Sans compter divers médicaments par voie buccale. Elle s'en sort plutôt bien, hormis une légère tendance à perdre l'équilibre en descendant des autobus et une incapacité à marcher droit, qui lui vaut une réputation d'alcoolisme (provisoirement imméritée) dans son immeuble. Ses jours se suivent et se ressemblent.

LUNDI

Huit heures.

L'INFIRMIÈRE *(seringue en main)* : — Bonjour. On a bien dormi ?

LA MALADE : — Oui, oui, merci. Il doit y avoir des somnifères dans ces produits, vous savez. Je dors toujours beaucoup, comme je vous l'ai dit. Et vous, comment ça va ?

L'INFIRMIÈRE : — Mes reins me font un mal de chien. J'ai dû me donner un lumbago en retournant le sidéen de la rue Falguière. Il n'est pas bien lourd pourtant, il n'en a plus pour longtemps. Vous préférez quelle fesse, la droite ou la gauche ?

LA MALADE : — C'est en sous-cutané.

L'INFIRMIÈRE : — Ah oui, c'est vrai.

Neuf heures.

LA FEMME DE MÉNAGE *(apportant les jour-*

naux. D'une voix perçante) : — Alors, comment ça va aujourd'hui ?

LA MALADE : — Très bien. Quel temps fait-il dehors ?

LA FEMME DE MÉNAGE : — Vous n'avez pas bonne mine.

LA MALADE *(blanche, maigre, les paupières lui retombant sur les yeux, suite à une allergie invincible)* : — C'est l'allergie, vous savez bien.

LA FEMME DE MÉNAGE : — Vos yeux sont tout gonflés. Vous avez pleuré ?

Neuf heures trente.

LE TÉLÉPHONE : — Je te dérange ?

LA MALADE *(qui, après avoir beaucoup tourné dans l'appartement, vient de réussir à s'installer devant sa table de travail)* : — Pas du tout.

LE TÉLÉPHONE : — Alors, comment ça va aujourd'hui ?

LA MALADE : — Un peu fatiguée.

LE TÉLÉPHONE : — Ah bon ? Pourquoi ?

LA MALADE : — C'est le traitement. C'est normal.

LE TÉLÉPHONE : — Tu en fais toujours trop. Mais tu as une bonne voix, ce n'est pas comme la semaine dernière.

Dix heures. Le répondeur : « Ce répondeur est branché en permanence, pour des raisons de travail, de repos, ou d'absence. Pouvez-vous laisser vos coordonnées ? Je vous rappellerai dès que possible. »

LE TÉLÉPHONE : — Allô, allô, c'est moi. Allô... c'est moi... allô, allô...

LA MALADE *(qui craque)* : — Bonjour.

LE TÉLÉPHONE : — Je me doutais que tu étais là. Alors, comment ça va aujourd'hui ?

LA MALADE : — Très bien. Et toi ?

LE TÉLÉPHONE *(péremptoire)* : — Ce n'est pas de moi qu'il s'agit. Comment vas-tu, toi ?

LA MALADE : — Bien. Un peu fatiguée. Qu'est-ce qu'il y a de neuf dans ta boîte ? Tu le vends comment, ton prix Goncourt ?

LE TÉLÉPHONE : — Ce n'est pas la maladie, c'est le traitement. Il ne faut surtout pas te décourager. Essaie de penser à autre chose. Je trouve que tu as une très bonne voix. Ce n'est pas comme il y a quinze jours. Tu vois, tu en fais, des progrès.

Midi. La malade vient de s'apercevoir que son frigidaire est vide et que sa femme de ménage est partie.

LE TÉLÉPHONE : — Bonjour, comment ça va aujourd'hui ?

LA MALADE : — Je suis assez fatiguée, crois-tu que tu pourrais...

LE TÉLÉPHONE : — J'ai une journée épouvantable, mais surtout, surtout, si un jour tu as besoin de quelque chose, appelle-moi. Je peux très bien faire tes petites courses en même temps que les miennes. Te rapporter une baguette, de la viande, du poisson. Du poisson ! C'est excellent pour la santé, tu sais, je suis sûre que tu n'en manges pas assez. Je te quitte. Il faut que je file. En tout cas, tu as une bonne voix. Je suis contente. À très bientôt.

Treize heures. La télévision : « Les plus célèbres cancérologues du monde, réunis en congrès à Lyon, annoncent des découvertes sensationnelles qui vont faire avancer d'un bond la lutte contre cette terrible maladie. Vous en saurez davantage ce soir pendant notre journal de vingt heures. »

Treize heures trente. La malade vient de s'allonger pour faire la sieste, non sans avoir pris la précaution de débrancher son téléphone. On sonne à la porte.

LA VISITEUSE : — Ne me dis pas que je te réveille ! Je t'ai appelée il y a un quart d'heure pour savoir si je pouvais venir bavarder avec toi mais ton téléphone ne répondait pas, alors je me suis inquiétée. Comment ça va aujourd'hui ?

LA MALADE : — Un peu fatiguée.

LA VISITEUSE : — Tu devrais te reposer davantage. Mais tu as une mine excellente. Le teint frais. Les joues roses.

LA MALADE : — C'est une allergie. Un problème avec un de mes médicaments. Pas un signe de santé. Et puis, malgré les prédictions du cancérologue, je perds mes cheveux.

LA VISITEUSE : — Mais non, mais non. D'ailleurs tu en avais tellement. C'était ridicule.

Quatorze heures. Le répondeur : « Ce répondeur est branché en permanence... »

LE TÉLÉPHONE : — Ah, tu n'es pas là... Ah bon, on m'avait dit que tu ne sortais jamais... Je voulais prendre de tes nouvelles. Comment vas-tu ? Il paraît que tu es un peu fatiguée. Ne t'inquiète pas, ce n'est pas la maladie, c'est le traitement. La cousine de mon amie Florence, tu sais, celle qui est morte il y a quinze jours, le supportait très mal au début. Mais on finit par s'y habituer. Allez, je te laisse, rappelle-moi sans faute. En tout cas, tu as une très bonne voix.

Quinze heures. Invitée à prendre le café, car il devenait impossible de trouver, sans impolitesse, des prétextes pour le lui refuser chaque jour, l'oisive sonne à la porte.

L'OISIVE *(poudrée, les cils faits, une couche de vert sur les paupières)* : — Bonjour. Je ne suis pas trop en avance ?

LA MALADE : — Je croyais que nous avions dit quatre heures.

L'OISIVE : — Tu connais mon coiffeur, il est adorable. Il m'a prise avant une autre cliente. De toute façon tu ne fais plus rien.

LA MALADE : — J'essaie d'écrire un livre.

L'OISIVE : — Ce n'est pas un travail.

LA MALADE : — Tu es allée au cinéma ces temps-ci ? Qu'est-ce que tu as vu de bien ?

L'OISIVE : — Tu as les paupières gonflées. Tu devrais mettre un peu de crème. À part ça, je te trouve une mine magnifique.

LA MALADE *(qui a deviné la suite)* : — Ça doit être parce que je suis au naturel, les cils absents, les sourcils aussi, la peau irritée, le cheveu en nylon.

L'OISIVE : — Je t'ai toujours dit qu'autrefois tu te maquillais trop.

LA MALADE : — Ah, si j'avais su, moi qui depuis l'âge de dix-huit ans dépense des fortunes en Chanel, Dior et j'en passe, qu'il me suffirait d'un bon cancer pour retrouver ma peau de bébé, je me serais arrangée pour l'avoir plus tôt.

Dix-sept heures.

LA FILLE DE VINGT ANS *(qui n'habite plus là mais vient tous les jours rendre visite à sa mère)* : — Salut. Qu'est-ce que tu fais ? Tu travailles ?

LA MALADE : — J'essaie.

LA FILLE DE VINGT ANS : — Je débranche le répondeur, hein ? J'attends un coup de fil.

LA MALADE : — Tu m'as apporté *Le Monde* ?

LA FILLE DE VINGT ANS : — Ah non, j'ai essayé mais il n'était pas sorti.

LA MALADE : — À cinq heures ?

LA FILLE DE VINGT ANS : — J'irais bien te le chercher maintenant mais je travaille dans un quart d'heure. Zut, ton frigo est vide. Tu n'aurais pas quelque chose à manger ? J'ai une petite faim.

Dix-huit heures. Le téléphone.

LA FILLE DE VINGT ANS *(qui est toujours là)* : — Mum, c'est pour toi. Sois gentille, ne reste pas trop longtemps, hein ?

LE TÉLÉPHONE : — Allô, c'est moi. Comment ça va ?

LA MALADE : — Très bien. Et toi ?

LE TÉLÉPHONE : — Comment supportes-tu le traitement ?

LA MALADE : — Comme tout le monde, tu sais. Ça fatigue.

LE TÉLÉPHONE : — Tu vomis beaucoup ?

LA MALADE : — Non, pas du tout.

LE TÉLÉPHONE : — Parce que Louise, tu sais, l'amie d'Hélène qui s'est suicidée il y a trois semaines, prenait un médicament formidable, le zdicolac ou zdicaluc, qui lui a entièrement changé la vie. Tu devrais te le faire prescrire.

LA MALADE : — Je n'en ai pas besoin. Je n'ai pas de nausées. Elle s'est suicidée comment, cette Louise ?

LE TÉLÉPHONE : — Tu ne suis jamais mes conseils. Et arrête de penser à la mort des autres.

Dix-neuf heures pile. La malade, qui est un peu fatiguée aujourd'hui, s'est cravachée pour aller acheter le journal. Elle est rentrée, s'est assise et vient de le déplier.

LE TÉLÉPHONE : — Allô, c'est moi. Je te dérange ?

LA MALADE : — Pas du tout.

LE TÉLÉPHONE : — Parce qu'on m'a dit qu'on pouvait t'appeler à partir de dix-neuf heures.

LA MALADE : — Oui, oui.

LE TÉLÉPHONE : — Je sais que tu n'aimes pas être dérangée par le téléphone. Alors j'ai attendu dix-neuf heures. Comment vas-tu aujourd'hui ? Tu as une bonne voix. Il s'achève quand, ton traitement ?

Dix-neuf heures trente.

LA FILLE DE VINGT ANS : — Oh, dis donc, il faut vraiment que je me sauve ! Tu peux me rendre un service ?

LA MALADE : — Bien sûr.

LA FILLE DE VINGT ANS : — J'ai branché mon téléphone sur le tien. Si c'est Philippe, tu peux dire que je ne serai pas rentrée avant deux heures. Si c'est Simon, raconte-lui n'importe quoi, que je dois t'accompagner à l'hôpital, par exemple, tiens... Oh, tu ne vas pas en faire une histoire parce que je n'ai pas rangé mon verre et mon assiette. Tu deviens maniaque, tu sais, ma petite maman. Salut !

Vingt heures. La télévision : « Voici les principales nouvelles du jour : le cessez-le-feu a été violé en Bosnie-Herzégovine. Un typhon a ravagé l'Inde, faisant au moins deux mille morts et trente mille sans-abri. Le cancer est vaincu. Nous développerons ces informations au cours de notre Journal. »

LE TÉLÉPHONE : — Je te dérange ?

LA MALADE : — Je vais te demander de m'excuser mais...

LE TÉLÉPHONE : — J'en ai pour deux

minutes. Tu sais, ce médicament pour empêcher les nausées, eh bien, c'est le docteur Jagorwski dont je t'ai parlé qui l'avait prescrit à cette fille, je ne me rappelle plus son nom.

LA MALADE *(qui tend l'oreille)* : — Excuse-moi, mais il y a quelque chose que je voudrais écouter à la...

LE TÉLÉPHONE : — Il faut absolument que tu ailles le voir. Appelle-le de ma part sinon tu n'auras pas de rendez-vous avant six mois.

La télévision : « Les progrès de la médecine sont décidément foudroyants. D'après les cancérologues réunis en congrès à Lyon, cinquante pour cent des cancers seront guéris dans vingt ans, en particulier les cancers des testicules. »

Vingt et une heures. La malade, qui se couche tôt, est en pyjama. On sonne à la porte.

LE VISITEUR : — Comment ! déjà en pyjama ! Mais il n'est que neuf heures ! Et moi qui venais te chercher pour t'amener au cinéma !

LA MALADE : — Merci mais, tu sais, en ce moment, je ne sors pas beaucoup le soir.

LE VISITEUR : — Tu ne crois pas que tu t'écoutes un peu trop ? Tu as très bonne mine. Simplement, tu devrais te mettre un peu de crème sur les paupières et sur les lèvres. Il ne faut pas te négliger.

La malade, qui a passé des heures devant la glace à essayer toutes les crèmes possibles pour remédier à son allergie, sort une cigarette ultra-légère et l'allume.

LE VISITEUR *(noyé dans la fumée de son cigare)* : — Comment, mais tu fumes !

LA MALADE : — Mon médecin m'en autorise cinq par jour.

LE VISITEUR : — Il veut ta mort ou quoi !

MARDI

Huit heures.

L'INFIRMIÈRE *(seringue en main)* : — Bonjour. Pas trop mal dormi ?

LA MALADE : — Non, non. Je dors toujours très bien. Il doit y avoir des somnifères dans ces produits. Et vous ?

L'INFIRMIÈRE : — J'ai failli me piquer avec la perfusion du sidéen, celui de la rue Vercingétorix. Et tout ça pour vingt-trois francs quatre-vingt-dix-huit l'acte. Pauvre type, il n'en a pas pour longtemps. Je le sens, moi, quand mes patients vont mourir.

LA MALADE : — Vous m'avertirez en temps utile ?

L'INFIRMIÈRE : — Il ne faut pas plaisanter avec ces choses-là. Vous préférez quelle fesse ?

LA MALADE *(avec un soupir)* : — C'est une sous-cutanée.

L'INFIRMIÈRE : Ah oui.

Neuf heures. La femme de ménage, qui, depuis qu'on a prononcé devant elle le mot « cancer », redoute tous les matins de trouver sa patronne morte dans son lit, s'inquiète parce qu'elle ne la voit pas.

LA FEMME DE MÉNAGE : — Où êtes-vous ?

LA MALADE : — Dans les toilettes.

LA FEMME DE MÉNAGE : — Alors, comment ça va aujourd'hui ?

LA MALADE : — Très bien. Il ne fait pas trop froid dehors?

LA FEMME DE MÉNAGE : — Vous avez encore pleuré. Vos paupières sont toutes gonflées. Inutile de vous en faire. Vous allez vous en tirer, je le sens. Ce n'est pas comme cette dame, celle qui a eu un cancer des ovaires. Si, si, je vous en ai déjà parlé, eh bien, on l'opère pour la troisième fois. Elle a perdu tous ses cheveux !

LA MALADE : — Moi, il m'en reste encore un peu.

LA FEMME DE MÉNAGE : — C'est parce que vous avez du courage ! Vous vous en tirerez, allez.

Dix heures. La malade a pris fermement position devant son ordinateur, répondeur branché.

Elle ne résiste cependant pas à la voix d'une amie qu'elle est heureuse d'entendre.

L'AMIE : — Je te dérange ?

LA MALADE : — Pas du tout.

L'AMIE : — Parce qu'on m'avait dit qu'il ne fallait pas t'appeler.

LA MALADE : — Je ne sais pas d'où sort ce bruit. J'ai besoin de garder le contact, au contraire, d'avoir des nouvelles du dehors. Ça me fait plaisir, que tu m'appelles. Alors, comment vas-tu ?

L'AMIE : — De toute facon, je n'ai pas été très disponible ces derniers temps. J'ai eu un gros problème de santé.

LA MALADE : — Comment ! Mais je ne savais pas ! Qu'est-ce qui t'est arrivé ?

L'AMIE : — Eh bien, finalement rien. On m'avait trouvé une tumeur mais elle est bénigne en fin de compte. Quand même, ça change complètement le regard qu'on porte sur l'existence, on fait le tri entre ce qui est important et ce qui ne l'est pas. Il y a quelque chose de bénéfique là-dedans, tu ne trouves pas ? C'est ce que pense mon psy. Et le tien ?

LA MALADE : — Je n'ai jamais consulté un psychanalyste de ma vie. Je ne vois pas ce qu'il pourrait m'apporter maintenant. Ou je survis et je n'ai pas plus besoin de lui qu'avant. Ou je meurs et je ne vois pas comment il arriverait à m'en consoler.

L'AMIE : — Ne fais pas semblant d'être cynique. Ça ne te va pas. Ce doit être le traitement qui te rend comme ça. Comment le supportes-tu ? Je suis contente, en tout cas, tu as une très bonne voix.

Midi. La malade a tout débranché — répondeur, téléphone — dans l'espoir de pouvoir enfin travailler. On sonne à la porte. C'est le médecin, qui avait annoncé sa visite pour neuf heures.

LE MÉDECIN : — Bonjour. Comment allez-vous aujourd'hui ?

LA MALADE : — Un peu fatiguée.

LE MÉDECIN : — Ça ne m'étonne pas. Je vous avais dit que votre traitement était lourd, contrairement à ce que vous a raconté votre escroc de cancérologue.

LA MALADE : — Vous ne croyez pas que vous exagérez ? Il a une réputation formidable.

LE MÉDECIN : — Pas parmi les cancérologues, en tout cas. J'en ai interrogé plusieurs. Ils m'ont tous dit que votre traitement était absolument inutile. Mais enfin, si vous tenez à perdre une année de votre vie, ça vous regarde.

LA MALADE : — C'est justement pour ne pas la perdre que je vous ai demandé de venir. Je croyais que les généralistes pouvaient aider les patients à supporter la mauvaise période.

LE MÉDECIN : — Et puis quoi encore ? Vous connaissez son tarif de consultation. Pour le prix, vous n'avez qu'à le faire travailler. Si vous y tenez, je veux bien vous prescrire des vitamines mais ça ne servira pas à grand-chose, vous savez.

Treize heures. La malade, en pleine déprime, décroche le téléphone sans même y penser.

LE TÉLÉPHONE : — Allô, c'est moi. Comment vas-tu ?

LA MALADE : — Bien. Et toi ?

LE TÉLÉPHONE : — Je suis contente. Tu as une très bonne voix.

LA MALADE : — Tu trouves ?

LE TÉLÉPHONE : — C'est formidablement important, tu sais. Affronter la maladie avec dynamisme, ça fait toute la différence. Et toi, tu es une personnalité tellement forte, une battante, ça se sent à ta voix, tu t'en tireras très bien.

LA MALADE *(au bord des larmes)* : — Si tu le dis.

Quinze heures pile.

LE TÉLÉPHONE : — Allô, je ne te réveille

pas, j'espère. On m'a dit que tu faisais la sieste et qu'il ne fallait pas t'appeler avant quinze heures. Alors, comment ça va aujourd'hui ?

LA MALADE *(cédant à sa déprime)* : — Pas très bien. Je suis crevée, je n'arrive pas à travailler, un des médicaments me donne des allergies qui m'empêchent de me maquiller et en plus je perds mes cheveux.

LE TÉLÉPHONE *(doctement)* : — C'est la chimiothérapie qui te fait perdre tes cheveux. Ils repousseront et plus beaux qu'avant.

LA MALADE : — Dans mon cas, ce n'est pas réellement la chimio, c'est...

LE TÉLÉPHONE : — Crois-moi, c'est la chimio. Ça s'arrangera, tu vas voir. À bientôt.

LA FILLE DE VINGT ANS *(qui, autrefois, aurait sonné à la porte mais qui, à présent, entre et sort comme dans un moulin)* : — Alors, ça boume ? Ça ne t'embête pas si je t'emprunte ta veste noire, hein ? De toute façon, tu n'en as pas besoin puisque tu restes tout le temps à la maison. *(Venant donner un baiser rapide à sa mère.)* Tu devrais faire attention, tu perds tes cheveux. On vieillit, on vieillit... Tu permets que je me serve dans ton frigidaire ? Je n'ai pas déjeuné. Eh bien, dis donc, tu n'as pas grand-chose ! Pas de jus d'orange, pas de pâté ni de fromage ! Comment ça se fait ? Bon, il faut que je file. Je n'ai pas le temps de débarrasser mais je repasserai peut-être ce soir. Adios !

Dix-sept heures. On sonne à la porte. C'est un auteur, son manuscrit sous le bras.

L'AUTEUR : — Voilà. J'ai un peu hésité à vous apporter mon bouquin. Il raconte dans le détail l'agonie et la mort de ma mère. Comme on m'a dit que vous étiez souffrante, j'ai pensé que ce n'était peut-être pas le moment. Mais je sais que vous aimez beaucoup ce que j'écris. Alors j'ai craint de vous attrister en ne vous l'apportant pas. Vous croyez que vous pourriez m'en donner des nouvelles d'ici un jour ou deux ?

LA MALADE *(après avoir feuilleté le manuscrit, qui décrit, en effet, de la façon la plus réaliste l'asphyxie et les derniers râles de la mère défunte)* : — Non, je ne pense pas. Je ne suis pas très en forme pour lire en ce moment et je...

L'AUTEUR : — Allons donc. Je ne me fais aucun souci pour vous. Ça se voit que vous allez vous en tirer. Vous êtes aussi forte que moi. Vous voyez, je n'aurais jamais cru que je me rétablirais si vite après la mort de ma mère. Tenez, je vous laisse mon manuscrit et je vous rappelle après-demain. D'accord ?

Dix-huit heures. La malade sort pour dîner. Elle est interceptée devant la porte de son immeuble par l'ex-cancéreuse, guérie depuis des années, le cheveu fou, la cigarette aux lèvres.

L'EX-CANCÉREUSE : — Tiens, où allez-vous comme ça ? Je vous ai proposé de faire vos courses mais vous ne m'avez pas appelée.

LA MALADE : — C'est que je n'en ai pas besoin. Je me sens très bien.

L'EX-CANCÉREUSE *(d'un air soupçonneux)* : — Vous avez une mine superbe, en effet. Quand retournez-vous à l'hôpital faire votre chimiothérapie ?

LA MALADE : — Je vous ai déjà expliqué que ce n'est plus comme de votre temps, pour moi en tout cas. Je fais ça à la maison, en partie par piqûres, en partie par voie buccale.

L'EX-CANCÉREUSE : — Mais vous avez quand même perdu vos cheveux ?

LA MALADE : — Oui, c'est une perruque que vous voyez là.

L'EX-CANCÉREUSE *(soulagée)* : — Ah bon, ils repousseront, vous savez. Regardez les miens : je n'aurais jamais pu me faire une coiffure comme ça avant ma maladie. Ils sont beaucoup plus drus qu'avant et même ils ondulent.

LA MALADE *(retenant d'une main sa perruque, qui risque de s'envoler car il fait grand vent)* : — Je sais, je sais.

Dix-neuf heures. La malade, au retour, tombe, dans l'ascenseur, sur sa voisine.

LA VOISINE : — Bonjour, je suis contente de vous rencontrer. Je me demandais justement ce que vous faisiez dans la vie : vous ne semblez pas avoir l'âge de la retraite et pourtant vous êtes tout le temps chez vous.

LA MALADE : — Je me soigne.

LA VOISINE : — Vous avez pourtant l'air en pleine forme. C'est quoi, votre problème ?

LA MALADE : — Une longue et cruelle maladie.

LA VOISINE : — Et vous dites ça comme ça. Quel courage !

LA MALADE : — Je préférerais une maladie courte et rigolote, mais on ne choisit pas.

LA VOISINE : — Vous vous moquez de moi. On m'a toujours dit que, quand on était en chimiothérapie, on perdait ses cheveux.

LA MALADE : — C'est une perruque.

LA VOISINE : — Non !

MERCREDI

Sept heures. La malade se réveille en pleine forme, s'étire et pose précautionneusement un pied à terre. Son instinct ne l'a pas trompée : ses jambes ne flageolent pas, son estomac demeure à la place assignée par la nature, la journée sera exceptionnelle, elle va pouvoir oublier ses malheurs. Elle revient déguster son petit déjeuner au lit et allume sa radio.

La radio : « Comme nous vous l'avons annoncé dès six heures du matin, c'est à un cancer du poumon qu'a succombé l'étoile la plus brillante du cinéma français, au zénith de sa gloire. Le professeur qui l'a assisté dans ses derniers et douloureux moments a bien voulu venir nous parler de son illustre patient et de la terrible maladie à laquelle il a succombé. »

LE JOURNALISTE : — Ainsi, professeur, on meurt toujours du cancer ?

LE PROFESSEUR *(ébahi)* : — Pourquoi, vous en doutiez ? Voilà un homme qui fumait deux paquets de Gitanes par jour depuis l'âge de dix-huit ans et qui buvait sa demi-bouteille de scotch tous les soirs. Il avait largement entamé la cinquantaine, période critique, c'était l'infarctus ou ça.

LE JOURNALISTE : — Vous semblez surpris par ma question. Les progrès de la médecine nous paraissent à tous si fulgurants que nous sommes peut-être un peu trop optimistes et ne voyons plus que les guérisons.

LE PROFESSEUR *(agacé)* : — Entre progrès et miracles, il y a une solution de continuité qui s'appelle souvent la mort. Quand cet homme est venu me voir, il avait déjà des ganglions qui...

LE JOURNALISTE *(sagace)* : — Ah, il avait des ganglions...

LE PROFESSEUR *(excédé)* : — Tout le monde a des ganglions, vous et moi y compris, monsieur. Je veux dire qu'à l'opération ils se sont révélés atteints. Ça ne l'a pas empêché de continuer à fumer.

La malade (qui en est à sa première et, se persuade-t-elle, dernière cigarette de la journée), change de station.

La radio : « Suite au tragique événement

dont notre antenne se fait l'écho depuis l'heure fatale, nous avons modifié le thème de notre émission de ce soir. Elle devait porter sur la chasteté des prêtres, sujet que nous traiterons demain. Nous aborderons donc aujourd'hui, à partir de dix-neuf heures, une question douloureuse qui hélas nous concerne tous : “ Inhumation ou incinération, que choisir ? ” »

Neuf heures.

L'INFIRMIÈRE *(gaie comme un pinson)* : — Dites donc, vous commencez à avoir des hématomes partout, je me demande où je vais vous piquer. Heureusement qu'il ne s'agit pas de moi. J'ai une peur panique des piqûres. Il faut dire que j'ai une peau encore plus fragile que la vôtre. Vous avez entendu ? Il est mort, en fin de compte. Depuis des années que ça traînait... Pour lui, c'est une délivrance. Alors, cette prise de sang aussi, on la fait aujourd'hui avec la sous-cutanée et les deux intramusculaires ?

Dix heures. La femme de ménage apportant le journal du matin qu'elle tend, les yeux rouges, à la malade : « Une étoile s'éteint au firmament du cinéma. »

LA FEMME DE MÉNAGE : — J'ai hésité à vous

l'acheter, ce matin. Je n'aurais peut-être pas dû. Ça va vous impressionner.

LA MALADE : — Vous savez, la mort n'est pas contagieuse, chez les cancéreux.

LA FEMME DE MÉNAGE *(charitable)* : — Vous, vous avez été opérée. Il paraît que, quand un cancer du poumon est opérable, il n'y a plus de danger.

La radio : « L'intervention chirurgicale qu'il avait subie ne lui aura donc pas sauvé la vie... »

LA FEMME DE MÉNAGE *(s'accrochant aux branches)* : — Il avait deux ans de plus que vous. Et puis il n'était sûrement pas aussi bien soigné.

Onze heures. Au magasin d'alimentation.

LA CAISSIÈRE *(à sa collègue)* : — C'est du sida qu'il est mort, tu crois ?

LA MALADE : — Excusez-moi, je cherche les poireaux.

LA COLLÈGUE : — Pourquoi ? Il était pédé ?

LA CAISSIÈRE : — Ils le sont tous, ces gens-là. En tout cas, je l'ai vu à la télé il y a un mois ou deux. Il avait rudement maigri.

LA COLLÈGUE : — Alors, c'était le sida.

Midi.

LE TÉLÉPHONE : — Allô, je te dérange ?

LA MALADE *(avec lassitude)* : — Je t'ai demandé cent fois de m'appeler plutôt vers sept heures du soir. Pour l'instant, je travaille.

LE TÉLÉPHONE : — Tu es au courant du drame ?

LA MALADE : — Le contraire serait difficile.

LE TÉLÉPHONE : — Et tu arrives quand même à travailler ?

LA MALADE : — Ce n'est pas ça qui m'en empêche.

Quinze heures. Suite à de petits problèmes sans doute dus au traitement, la malade fait une « écho-doppler des axes cérébraux » chez un spécialiste. C'est un homme charmant qui, voyant sur son ordonnance le nom de son médecin, lui dit aussitôt : — Ah, vous avez le même cancérologue que...

LA MALADE : — J'ai cet honneur.

LE RADIOLOGUE *(faisant allonger la visiteuse sur une table d'examen, face à un poster qui représente le comédien dans sa gloire)* : — Oh, rassurez-vous, ce n'est pas son cancer au poumon qui l'a tué. C'est un accident vasculaire, tout à fait comparable à celui pour lequel vous venez me voir aujourd'hui.

Seize heures. La malade rentre chez elle. Le téléphone sonne.

LE TÉLÉPHONE : — Bonsoir, ma chérie. Je sais que tu m'as demandé de ne pas t'appeler au milieu de l'après-midi mais il y a une très mauvaise nouvelle et je voulais t'en prévenir avant que tu ne l'apprennes par la télévision ou la radio.

LA MALADE : — Le grand homme est mort.

LE TÉLÉPHONE : — Ah, tu es déjà au courant. Tu n'es pas trop impressionnée ?

LA MALADE : — Tu sais, je connais déjà beaucoup de gens qui sont morts.

LE TÉLÉPHONE : — Ah bon, qui ça ?

LA MALADE : — Mozart, Beethoven, Hugo, Tolstoï...

LE TÉLÉPHONE *(furieux et voulant mettre les points sur les i)* : — Ah, c'est drôle. Tu fumes toujours ?

LA MALADE : — Un peu.

LE TÉLÉPHONE : — Je croyais que ton séjour en Amérique t'avait fait du bien. Tu as vu que, là-bas, presque personne ne fume.

LA MALADE : — C'est parce que les Américains sont de grands naïfs. Ils n'ont toujours pas intégré le fait que cent pour cent des gens meurent. Pas quatre-vingt-dix-huit ou quatre-vingt-dix-neuf pour cent, ce qui laisserait une petite chance aux non-fumeurs et aux buveurs d'eau, mais cent pour cent. Le jour où ils en prendront conscience, ils renonceront au jogging et ils recommenceront à fumer.

LE TÉLÉPHONE : — Tu es insupportable. Même la mort, tu ne la prends pas au sérieux.

Dix-neuf heures. La malade parcourt Le Monde. *Son œil est comme tous les jours irrésistiblement attiré par les notices nécrologiques. Hormis le comédien qui s'étale en première page, seuls sont cités aujourd'hui des gens de quatre-vingts ans ou davantage, ce qui lui épargnera peut-être d'abandonner* Le Monde *pour* Le Figaro, *où ne figurent que de vieux morts titrés. Elle qui, en effet, malgré ses rodomontades, ne supporte plus ni les jeunes défunts (la cinquantaine, comme elle) ni ceux qui ont succombé à un cancer autre que celui de la prostate ou des testicules boit une coupe de champagne à la santé des décédés.*

JEUDI

Neuf heures.

L'INFIRMIÈRE *(après la piqûre)* : — Vous n'auriez pas une cigarette ? Je voudrais vous parler. J'ai un conseil à vous demander.

LA MALADE *(qui avait caché son paquet au fond d'un placard et s'était juré de ne pas y toucher avant l'après-midi)* : — Si, bien sûr.

L'INFIRMIÈRE : — Voilà. Vous savez, mon jeune sidéen, celui de la rue Vercingétorix. Il va de plus en plus mal mais il refuse de se faire hospitaliser. Il a des nausées épouvantables, des diarrhées. Je vous épargne les détails mais vraiment c'est la fin. Qu'est-ce que je dois faire, à votre avis ? Prévenir sa famille ? L'hospitaliser de force ? Le laisser mourir chez lui ?

LA MALADE *(allumant une deuxième cigarette à la première)* : — Écoutez, je suis désolée, mais comment voulez-vous que je le sache ? Je ne suis ni médecin ni infirmière et, ce pauvre garçon, je ne le connais pas.

L'INFIRMIÈRE : — Je sais mais vous vivez seule, comme lui. Alors je me disais que vous aviez peut-être pensé à ce qui arriverait si ça tournait mal pour vous.

Dix heures. La malade, honteusement, est retournée dans son lit, la couette tirée sur la tête.

LA FEMME DE MÉNAGE *(entrant dans la chambre et la découvrant)* : — Ah, ça ne va pas aujourd'hui, hein ! Il faut dire qu'avec toutes ces catastrophes, la Bosnie, la Somalie, le sang contaminé, les inondations, le tremblement de terre, le chômage, ce garçon qui s'est fait poignarder dans le métro... Et puis, vous avez vu ce temps ! Vous feriez mieux de rester au lit, allez. Même vous, vous ne pouvez pas garder le moral tous les jours. Tiens, vous avez vu, sur votre oreiller, ça doit être votre dernière mèche de cheveux. *(Elle époussette machinalement pendant ce temps.)* C'est votre photo ? Je ne la connaissais pas.

LA MALADE *(sautant du lit)* : — Non, celle de ma grand-mère. Merci. Soyez gentille, inutile de faire ma chambre aujourd'hui.

Dix-sept heures. La malade étudie avec quelque découragement les résultats de sa numération san-

guine qui viennent de lui arriver par la poste. Globules rouges, hémoglobine, globules blancs, plaquettes sont en chute libre. Ils ne flottent plus dans ses veines qu'à titre anecdotique. En revanche, son sang charrie un nouvel arrivage de cellules inconnues d'elle dont le nom, lymphoblastes, lui paraît prometteur par sa sonorité dynamique. Elle appelle son médecin.

LA MALADE : — Je n'ai plus que cinquante mille plaquettes et mille globules blancs, mais...

LE MÉDECIN : — Je vous l'avais bien dit, que votre cancérologue était un fou criminel, vous ne m'écoutez jamais. Vous risquez d'attraper n'importe quel virus de passage. Et puis il vous suffirait de vous cogner pour faire une hémorragie interne.

LA MALADE *(essayant de glisser un mot)* : — Qu'est-ce que c'est que des lymphoblastes ?

LE MÉDECIN *(furieux et distrait)* : — Des cellules jeunes et malignes. *(Après un temps de réflexion.)* Pourquoi me demandez-vous ça ?

LA MALADE *(consternée)* : — Parce que j'en ai des quantités.

LE MÉDECIN *(radouci)* : — Enfin malignes, malignes... c'est peut-être trop vite dit. Appelez donc votre cancérologue.

LE CANCÉROLOGUE *(appelé)* : — Ah, tiens,

tiens. Des lymphoblastes ! C'est original, ça. Qu'est-ce qu'ils fabriquent là ? On pourrait peut-être faire une petite ponction osseuse pour voir d'où ils sortent. Qu'en pensez-vous? Si c'est douloureux ? Pas du tout, pas du tout. Mes respects, chère amie.

Midi. La malade est en train de rédiger son testament lorsque le téléphone sonne. C'est une vieille amie qu'elle n'a pas vue depuis dix ans.

L'AMIE : — Je viens d'apprendre que tu étais malade. Tu es en chimiothérapie ?

LA MALADE : — Oui.

L'AMIE : — Heureusement, ce n'est plus rien aujourd'hui. J'ai deux copains qui sont en chimio eux aussi et leur traitement passe comme une lettre à la poste. En revanche, ils s'ennuient. Et toi, qu'est-ce que tu fais de tes journées ?

LA MALADE : — Je lis. J'écris. Je travaille.

L'AMIE : — Tu devrais t'inscrire à mon atelier de poterie.

LA MALADE : — Excuse-moi mais je n'ai jamais rien su faire de mes mains. Et puis je n'imagine pas une activité qui m'intéresse moins.

L'AMIE : — Tu as tort. Plonger les mains dans la glaise, tourner un pot, en sculpter amoureusement les contours, tu n'imagines pas combien c'est sensuel, comme ça remet en contact avec la terre, avec la vie.

Seize heures. Au deuxième courrier de la journée, un gros paquet. C'est la Sécurité sociale, qui renvoie pour la troisième fois l'ensemble des vingt-sept formulaires calligraphiés avec soin par la malade, nom, prénom, adresse, numéro de Sécurité sociale y compris, auquel il manque toujours une pièce. Il y a une semaine, la préposée, n'ayant pu déchiffrer l'écriture du cancérologue, exigeait l'ordonnance dont elle avait en sa possession l'unique exemplaire. Aujourd'hui manquent les vignettes d'un médicament qui s'administre par piqûres et justifie donc les soins infirmiers. En désespoir de cause, la malade prend son téléphone.

LA MALADE : — Bonjour. Dites, voilà trois fois que vous me renvoyez mon dossier et...

LA SÉCU : — Nom, adresse, date de naissance, numéro de Sécurité sociale... Non, madame, vous n'avez pas de dossier en souffrance chez nous.

LA MALADE : — Bien sûr, puisque...

Mais on a raccroché. Deuxième tentative.

LA MALADE : — Excusez-moi, nous avons été coupés. Je vous disais donc...

LA SÉCU : — Ce n'est pas moi que vous avez eue au téléphone. Nom, adresse, date de naissance, numéro de Sécurité sociale.

LA MALADE *(prudemment)* : — Vous ne trouverez pas de dossier en souffrance chez vous puisqu'il est actuellement chez moi.

LA SÉCU : — Eh bien alors, vous n'avez qu'à rappeler quand vous l'aurez renvoyé.

Raccroché. Troisième tentative.

LA MALADE *(faux-cul)* : — Bonjour. Ah, je suis contente, je reconnais votre voix : c'est vous la charmante personne qui m'avez répondu avec tant de compétence et d'amabilité il y a quelques jours. Puis-je me permettre de faire encore appel à vous ?

LA SÉCU : — Nom, adresse, date de naissance, numéro de Sécurité sociale... Qu'est-ce que vous voulez ?

LA MALADE *(bégayant presque, tant elle a hâte de glisser sa question avant que la communication soit coupée)* : — On me demande, pour régler mon dossier, les vignettes d'un médicament qui n'en a pas.

LA SÉCU : — Tous les médicaments ont des vignettes.

LA MALADE : — Pas l'interféron. Il est distribué gratuitement par l'hôpital qui me soigne et...

LA SÉCU : — Ah évidemment, si vous essayez de vous faire rembourser un médicament que vous n'avez pas payé...

LA MALADE *(en hurlant)* : — Mais non, ce

n'est pas le médicament lui-même que je veux faire rembourser, ce sont les soins infirmiers.

LA SÉCU : — Quel rapport ?

LA MALADE *(ne trouvant plus ses mots)* : — Interféron... piqûres... infirmière...

LA SÉCU : — Calmez-vous. Et puis, de toute façon, il est cinq heures, je ferme. Collez donc vos vignettes tout de suite, ça vous évitera de les perdre.

Dix-neuf heures. La voisine, dans l'ascenseur, a une drôle de touche dont la malade ne repère pas immédiatement la cause.

LA VOISINE : — Vous ne trouvez pas que j'ai quelque chose de changé ?

LA MALADE *(hypocrite)* : — Vous êtes très bien coiffée.

LA VOISINE *(retirant une somptueuse perruque rousse pour exhiber son crâne rasé)* : — C'est vous qui m'avez donné l'idée.

VENDREDI

Neuf heures. Sans doute émue par les événements de la veille, la malade se sent mal. Elle se lève mais, prise de vertiges, tangue d'un mur à l'autre. Sa main droite s'engourdit au moment où elle s'apprête à se servir un café et la cafetière s'écrase par terre, l'ébouillantant quelque peu au passage.

L'INFIRMIÈRE : — Tiens, vous avez renversé du café. Décidément, c'est une manie, aujourd'hui. Vous savez, mon petit vieux, celui chez qui je passe avant vous. Eh bien, figurez-vous que sa garde de nuit a fait une crise de démence. Quand je suis arrivée, elle était enfermée dans les toilettes. Il avait préparé lui-même le café et il le tendait vers la porte d'une main tremblante pour la persuader de sortir. Elle lui a balancé le battant dans la figure. J'ai appelé SOS-Psychiatrie. Ils ont dû la piquer à travers sa jupe pour pouvoir la conduire à Sainte-Anne.

Onze heures. La malade se sent extrêmement bizarre. Elle essaie de faire ses comptes mais n'arrive pas à marier les numéros des talons de chèques et ceux des relevés. Elle ne peut plus lire. Le vent souffle dans sa tête et en chasse cinquante et un ans d'alphabétisation. Pensant qu'il s'agit d'un moment de fatigue, elle va s'allonger sur son lit. Sa main gauche devient totalement insensible. Elle tente d'appeler son médecin, mais, après les nombres, ce sont les mots qui l'ont lâchée. Elle n'arrive pas à trouver les bons.

LA MALADE *(consultant son carnet et s'efforçant de copier le numéro sur le cadran)* : — Au revoir. Je voudrais danser avec l'architecte.

LE NUMÉRO *(faux)* : — Mathilde ? C'est toi, Mathilde ? Oh, ma chérie, si tu savais comme je suis heureux de t'entendre ! Ça fait si longtemps.

LA MALADE *(risquant une nouvelle tentative)* : — Adieu. Est-ce que le boucher est dans son auto ?

LE DEUXIÈME NUMÉRO *(faux lui aussi)* : — Quelle auto ? Quel boucher ? Vous ne pourriez pas consulter l'annuaire ?

La femme de ménage, appelée par borborygmes, mesure la situation et la prend en main. Elle téléphone à la fille de vingt ans, qui, arrachée au sommeil, accourt, le cheveu dans les yeux, le mascara dégoulinant jusqu'aux lèvres.

LA FILLE DE VINGT ANS : — Alors, mother, un problème ?

LA MALADE *(articulant avec soin)* : — Il faut décaniller le banquier.

LA FILLE DE VINGT ANS : — Quoi ?

LA FEMME DE MÉNAGE : — Elle dit des drôles de choses. À mon avis, elle a une attaque. Je suis sûre qu'elle ne veut pas téléphoner au docteur, comme d'habitude, mais vous devriez le faire à sa place.

LE MÉDECIN *(enfin contacté)* : — Comment, vous ne pouvez plus parler ? Mais racontez-moi ce qui se passe. Qu'est-ce que vous voulez que je fasse si je ne sais pas ce qui vous arrive !

LA MALADE *(très distinctement)* : — Merde.

LA FILLE DE VINGT ANS *(lui prenant l'appareil des mains)* : — Bon, docteur, c'est la première parole normale qu'elle prononce depuis un quart d'heure. Il y a peut-être du mieux. On la laisse comme ça ou quoi ?

LE MÉDECIN : — Elle fait une crise d'aphasie. Je vais lui prescrire un scanner cérébral mais je vous parie tout ce que vous voulez que c'est encore le traitement de son cancérologue. Chimiothérapie, interféron... elle n'a pas besoin de tout ça. Je me tue à le lui répéter. Enfin, en attendant, couchez-la à plat, les jambes en l'air et appelez les

Urgences médicales. Ils lui feront une piqûre pour la vasodilater.

Deux heures plus tard. La malade a retrouvé toute seule l'usage de la parole et se vasodilate elle-même en buvant une bouteille d'un excellent bordeaux. La fille de vingt ans est dans la salle de bains, où elle essaie les produits de beauté de sa mère. Le téléphone sonne.

LE TÉLÉPHONE : — Allô, ici les Urgences médicales. C'est bien vous qui avez demandé quelqu'un ?

LA MALADE *(vindicative)* : — Oui, il y a un peu plus de deux heures.

LES URGENCES MÉDICALES : — C'est que, voyez-vous, notre médecin s'est planté en voiture. Nous étions sur le point de vous en envoyer un autre mais il est à l'hôpital, au chevet du premier. En plus, l'accident a créé un terrible embouteillage dans votre quartier. Vous êtes vraiment sûre que ce que vous avez ne va pas s'arranger tout seul ?

LA MALADE *(complètement ivre)* : — Non, non. L'architecte a décanillé le boucher. Bonjour.

LA FILLE DE VINGT ANS *(faisant son apparition un gros sac à la main)* : — Bon, ma petite maman, je vois que tout va bien. J'embarque tous ces produits puisque tu ne t'en sers pas.

Je te pique aussi ton sèche-cheveux parce qu'entre nous, hein...

Seize heures. La malade passe ses deux scanners, le cérébral et le pulmonaire, dans un silence total cette fois. Elle est sur le point de s'endormir, bercée par le va-et-vient de la table, quand une infirmière surgit à son chevet.

L'INFIRMIÈRE : — Le médecin voudrait savoir si on vous a donné des antibiotiques pour guérir ce petit problème aux poumons qui apparaissait sur vos anciens clichés.

LA MALADE *(estomaquée)* : — Le traitement a été plus radical que ça. On m'a enlevé le lobe supérieur. Je sais bien que le lobe inférieur remonte dans la cavité thoracique mais, quand même, ça devrait se voir.

L'infirmière a rejoint le médecin en courant, sans attendre la suite des explications.

LE HAUT-PARLEUR *(chuchotant)* : — Docteur, elle dit qu'on lui a retiré un demi-poumon.

LE RADIOLOGUE : — Non !

Vingt heures. De retour chez elle, la malade, provisoirement rassurée sur son état mental après un électroencéphalogramme qui a succédé au scanner, s'installe dans son fauteuil avec la ferme intention de lire un manuscrit de huit cent quatre-vingt-dix-sept pages à simple interligne qui lui a été transmis pour avis. Le téléphone sonne. C'est la sœur aînée.

LA SŒUR AÎNÉE *(de la voix qu'on emploie pour féliciter un nouveau-né d'avoir bien fait son rot)* : — Alors, qu'est-ce que j'apprends ? On n'a rien à sa tête ? Le gros problème n'est qu'un petit bobo ?

LA MALADE *(épouvantée)* : — Mais qu'est-ce qui te prend ?

LA SŒUR AÎNÉE *(retrouvant instantanément sa voix naturelle)* : — De quoi parles-tu ?

LA MALADE : — Tu m'adresses la parole comme si j'avais six mois ou quatre-vingt-dix-huit ans et une tumeur au cerveau !

LA SŒUR AÎNÉE : — Ah bon, je ne m'en étais pas rendu compte.

SAMEDI

Dix heures. Pour sa première sortie mondaine depuis un peu plus d'un an, la malade se rend aux obsèques d'un ami tendrement aimé. Il y a là tous ses anciens confrères. Égocentrique et paranoïaque, elle ne peut pas s'empêcher de voir dans la cérémonie la préfiguration de son propre enterrement. À une différence près : lui leur a facilité les choses en les conviant au cimetière Montparnasse ; elle les traînera jusqu'au carré juif du cimetière de Belleville, où elle a une concession perpétuelle. Ils se poussent du coude en la regardant. L'un d'eux lui passe la main dans les cheveux et la retire comme s'il se l'était brûlée : le contact du nylon n'est pas celui qu'il attendait. Deux femmes se chuchotent à l'oreille. La malade croit deviner leur conversation. « C'est elle ? Je lui trouve bonne mine. Elle a grossi. — Penses-tu, elle est soufflée par la cortisone. » Car, depuis la mort de Pompidou, tout malade qui n'est pas réduit à l'état de squelette est soufflé par la cortisone. Beaucoup viennent la voir et lui disent la phrase consacrée : « On s'appelle. Il faut absolument déjeuner ensemble. » Ou encore : « Chère amie, combien j'aurais aimé vous revoir dans de moins tristes circonstances. » Tous ont déjeuné ou dîné avec le défunt quelques jours avant, au point qu'on se demande comment la brasserie où il avait ses habitudes a pu les accueillir. Ils se disent, sous le coup de l'émotion : « Je serais bien emmerdé si elle mourait sans que je l'aie vue une dernière fois. » La malade jette, comme tout le monde, sa rose au fond de la fosse et va signer le registre. Elle a envie d'écrire à l'ami : « Mets le brouilly au frais (sans glaçons toutefois, car il avait cette détestable habitude). J'arrive. » Et puis elle se dit que ce sera sans doute mal pris et n'écrit rien.

Midi. La malade, au retour, décide de faire son marché et rencontre au bistrot du coin trois habitués.

PREMIER HABITUÉ : — Qu'est-ce que tu vas acheter aujourd'hui ? Moi, c'est simple. Escalopes de dinde et légumes verts. J'ai deux grammes soixante-trois de cholestérol et un gramme cinquante-deux de triglycérides. À partir d'aujourd'hui régime, régime.

DEUXIÈME HABITUÉ : — L'escalope de dinde, fais-la donc en papillotes, c'est meilleur. Crois-moi sur parole. J'ai perdu quatre kilos en un mois. Il le fallait. Mon médecin me trouve trop gros. Non que je mange beaucoup. Ce sont les soucis.

LA MALADE *(sachant qu'elle a tort de se mêler à la conversation, car son état lui confère un avantage injuste)* : — Il me semble qu'on ne peut pas grossir si l'on ne mange pas.

TROISIÈME HABITUÉ : — Eh bien, détrompe-toi. Il suffit que je regarde une assiette de choucroute pour prendre deux kilos. Je fais de la rétention d'eau.

LA MALADE *(n'y tenant plus)* : — À Auschwitz, il n'y avait pas d'obèses.

PREMIER HABITUÉ *(sur un ton protecteur, avec force clins d'œil en direction des autres)* : — Allons, nous sommes là à lui raconter nos petites misères. Avec le gros problème qu'elle a, il est bien normal qu'elle réagisse mal.

DIMANCHE

Jour béni. Pas de coup de sonnette le matin à neuf heures. Pas de piqûre. Peu de médicaments. La malade décide de mettre à profit cette journée tranquille pour se débarrasser d'une corvée dont elle sait ne pas pouvoir s'acquitter devant témoins.

LA MALADE : — Allô, le cimetière de Belleville ? Voilà, je suis en train de mettre un point final à mon testament. J'ai écouté l'autre jour une intéressante émission sur le choix entre incinération et inhumation. J'y ai réfléchi. Je sais que l'incinération est plus propre et moins encombrante mais je trouve que ma famille a déjà donné. Alors, je préfère un bon enterrement. J'ai une concession perpétuelle chez vous, dans le carré juif qui est, paraît-il, très couru. Je crois, hélas, que mon caveau est plein. Est-ce que vous pourriez vérifier ? Voilà le nom, l'allée, la section, le carré, la division.

LE PRÉPOSÉ *(après avoir vérifié sur son registre)* : — En effet, ce sont des tombes qui contiennent six personnes. La vôtre est au complet.

LA MALADE : — C'est ennuyeux.

LE PRÉPOSÉ : — Je constate cependant qu'il y a là de très vieux morts, vos arrière-grands-parents sans doute ? Il suffirait de les broyer et de les disposer dans des urnes aux pieds de défunts plus récents, vos grands-parents, j'imagine ?

LA MALADE : — Parce que cela se pratique ?

LE PRÉPOSÉ : — Couramment.

LA MALADE : — Et si je décidais plutôt de revendre ma concession perpétuelle ? Les nouveaux occupants pourraient la vider sans problèmes de conscience. Moi, j'irais à Montparnasse. C'est plus près pour mes enfants.

LE PRÉPOSÉ : — Désolé, madame, mais on ne peut pas revendre une concession perpétuelle. Sinon, vous comprenez bien que les trois quarts des gens le feraient. C'est que ça vaut cher, vous savez. Alors, la loi y a veillé. La vôtre date de 1930. Ça fait déjà soixante-trois ans de passé mais vous avez encore trente-six ans à patienter.

LA MALADE : — Bon, eh bien, dans ce cas, il ne me reste plus qu'à la garder. Merci de vos précisions. À bientôt.

L'après-midi venu, la malade s'ennuie. Six mois plus tôt, elle aurait passé son dimanche aux prises avec une pile de manuscrits, à les lire en fourrageant dans sa tignasse frisée, entourée de cendriers débordants. Maintenant, les manuscrits stagnent sur l'étagère, les rares cheveux sont raides, les cigarettes se cachent au fond du placard. Finie aussi l'exaltation romantique des premiers jours de la maladie, celle qui lui faisait avaler un whisky cul sec au comptoir après la visite au médecin et montrer le poing au cancer : « Je t'aurai, tu sais, je t'aurai. » À présent, la bataille s'est transformée en guerre froide, la flamboyance a fait place à la banalité. La malade se secoue et décide d'aller à pied au Luxembourg, cadre de sa jeunesse et de ses premières amours. Le ciel est gris, ce qui l'arrange car, par les temps qui courent, avec ses allergies, il lui est plus facile de regarder en face la mort que le soleil. Elle se croise dans les vitrines et ne se reconnaît pas. C'est ça, la maladie : on se perd de vue. On porte avant tous les autres le deuil du personnage que l'on a été et que l'on n'est plus. Elle se dit : « Au point où j'en suis... » Et, au lieu de marcher au Luco, va se gaver de chocolat liégeois dans un bistrot. « Excel-

lent », dirait en la voyant son cancérologue, qui se moque de sa ligne et exalte les vertus antidépressives du chocolat par rapport à celles du médicament que les journaux à sensation appellent la « pilule du bonheur ».

UN AN APRÈS

Au bout d'un an, à la surprise générale, et à la sienne en particulier, la malade est toujours là. Elle sent bien que, pour ses relations et aussi pour elle-même, la plaisanterie a assez duré. Après un laps de temps pareil, elle devrait être guérie ou morte. Son cancérologue lui a allégé son traitement, sans toutefois l'arrêter.

Onze heures. La malade est chez son médecin.

LE MÉDECIN : — Rappelez-moi donc ce que vous avez encore, comme médicaments.

La malade les énumère.

LE MÉDECIN : — Mais enfin, il ne vous fichera donc jamais la paix, votre cancérologue ! Encore de la chimio, encore de l'interféron !

LA MALADE : — Il a probablement raison. La preuve, c'est que je suis toujours là.

LE MÉDECIN : — Allons donc, il s'est

trompé de diagnostic, voilà tout. Si vous aviez eu réellement un bronchiolo-alvéolaire, il serait généralisé à l'heure qu'il est.

LA MALADE : — D'après lui, en effet, quand on découvre ce cancer, il y a souvent plusieurs nodules qui rendent l'opération impossible. Mais moi, je n'en avais qu'un.

LE MÉDECIN : — Ah ah ! Je vous le répète, si son diagnostic était juste, vous devriez déjà être ou mourante ou morte. Voilà pourquoi je ne voulais pas de ce traitement de cheval, vous le comprenez à présent ? S'il avait raison, le pronostic était catastrophique. S'il avait tort, on vous faisait souffrir pour rien. Moi, en tout cas, à votre place, je me serais abstenu.

Sur le chemin du retour, la malade, arthritique, déplumée, les paupières alourdies par des kystes au nom poétique — des chalazions —, voit venir à sa rencontre un spectre surgi du passé. C'est un personnage qui, après lui avoir prodigué les protestations d'amitié, joue les Arlésiennes depuis le début de sa maladie. Son regard croise le sien sans qu'il la reconnaisse. Oubliant son état, elle le hèle. Il la contemple, cherchant fiévreusement dans sa mémoire. Soudain son œil s'illumine.

LE SPECTRE : — Mais c'est toi ! Quel plaisir de te revoir après si longtemps.

LA MALADE : — Tu ne m'avais pas reconnue ?

LE SPECTRE : — Bien sûr que si, j'étais simplement dans la lune, tu me connais.

LA MALADE : — Que deviens-tu ?

LE SPECTRE *(sur un ton d'extase)* : — Quelle mine splendide tu as ! Tu es donc guérie ! Tu n'imagines pas à quel point j'en suis ravi.

LA MALADE *(vérifiant sa triste apparence dans la vitrine la plus proche)* : — J'ai les joues roses, je sais. Comme Marie Bashkirtseff à qui on devait faire beaucoup de compliments sur sa mine dans les derniers jours de sa tuberculose.

LE SPECTRE : — Allons, je vois que tu n'as pas perdu ton sens de l'humour. Écoute, il faut que je te quitte. Mais je t'appelle bientôt et on se fait une bouffe.

Midi.

LE TÉLÉPHONE : — Allô, bonjour. Je ne te demande pas des nouvelles de ta santé. Je sais par les amis que tu vas très bien.

LA MALADE : — Je suis enchantée de l'apprendre.

LE TÉLÉPHONE : — Il paraît que ta chimiothérapie a été allégée, que tu recommences à sortir. Bref, tout cela n'est plus qu'un mauvais souvenir.

LA MALADE : — Encore un peu récent, peut-être ?

LE TÉLÉPHONE : — Je te l'avais dit la dernière fois que nous nous sommes vus. Le tonus, le mental, c'est ça qui compte. Il faut prendre la maladie comme un match, hein ! C'est ce que tu as fait et tu l'as gagné.

LA MALADE : — Le score, pour l'instant, n'est que de zéro à zéro.

LE TÉLÉPHONE : — Le secret, c'est de ne pas se laisser impressionner. Tu as vu Melina Mercouri ? Il paraît qu'elle fumait encore deux jours avant sa mort. Ça, c'est ce qu'on appelle avoir du cran, non ?

Treize heures. La malade déjeune avec un ancien collègue qui l'interroge sur ses projets d'avenir.

LA MALADE : — Eh bien, tu sais, je n'en fais pas encore. Il est trop tôt pour déterminer si je m'en sortirai ou pas.

L'ANCIEN COLLÈGUE : — Qu'est-ce que tu racontes là ? Tu te portes comme un charme. Ton cancérologue te l'a dit lui-même la dernière fois que tu l'as vu.

LA MALADE : — Écoute, c'est un deuxième cancer et il est méchant. Il me paraît normal de considérer la mort comme une issue possible à plus ou moins longue échéance.

L'ANCIEN COLLÈGUE : — Tu m'as l'air déprimée en ce moment. Tu devrais prendre un antidépresseur.

LA MALADE *(en pleine rébellion)* : — Mais je ne suis pas déprimée du tout ! Il est extraordinaire qu'on ne puisse pas mentionner la mort sans être soupçonné de dépression. Elle arrivera bien un de ces jours, de toute manière. En attendant, j'aimerais quand même pouvoir en parler.

L'ANCIEN COLLÈGUE *(se disant qu'elle aurait pu trouver quelqu'un d'autre auprès de qui s'épancher et se promettant de renoncer à la cigarette, car il lui semble qu'il a la voix un peu rauque le matin)* : — Allons, ne sois pas morbide.

LA MALADE *(déchaînée)* : — Dans mon cas, la question n'est pas de savoir si je vais mourir, ni même quand, mais comment.

L'ANCIEN COLLÈGUE : — Je t'assure, prends un antidépresseur. En tout cas, je suis bien content de t'avoir vue. Tu as une mine superbe.

Seize heures. Au téléphone, une voix d'outre-tombe.

LA VOIX D'OUTRE-TOMBE : — Allô, ici Philibert. Je ne sais pas si tu te souviens de moi.

LA MALADE *(reconnaissant le nom d'un vieil*

emmerdeur dont elle a eu le plus grand mal à se débarrasser dix ans plus tôt) : — Tiens, bonjour. Quel plaisir de t'entendre.

LA VOIX D'OUTRE-TOMBE : — Sais-tu que ça n'a pas été facile de trouver ton nouveau numéro de téléphone ? Un vrai jeu de piste.

LA MALADE *(qui s'est justement fait inscrire sur la liste rouge dans le but d'éviter ce genre d'éventualité)* : — Je suis ravie que tu y sois parvenu. Qu'est-ce que tu deviens ?

LA VOIX D'OUTRE-TOMBE : — Oh, il faudrait des volumes pour te raconter ça. Je te dirai tout en détail quand nous nous verrons. Mais toi ? On m'a dit que tu étais un peu fatiguée.

LA MALADE *(se sachant insupportable mais ne pouvant se retenir)* : — Charmant euphémisme pour un cancer du poumon.

LA VOIX D'OUTRE-TOMBE : — On m'avait en effet laissé entendre que... Mais je n'ai pas voulu y croire dans la mesure où... J'imaginais qu'il s'agissait simplement d'une méchante rumeur... Et puis, même si c'était ça, en fin de compte, c'est le passé, tu es guérie.

LA MALADE *(qui ne se rappelle plus les raisons de sa rupture avec le vieil emmerdeur, mais se dit qu'elles étaient certainement justifées)* : — Guérie est un bien grand mot.

LA VOIX D'OUTRE-TOMBE *(pensant à tort*

qu'une parole de consolation supplémentaire serait la bienvenue) : — Cette maladie, de nos jours, on en guérit très bien. Regarde cet écrivain, comment s'appelle-t-il déjà, une histoire au poumon il y a quinze ans et le voilà frais comme un gardon. D'ailleurs, je te trouve une voix épatante, oui, oui, vraiment, une voix formidable, dynamique, tu nous enterreras tous.

Dix-sept heures. La fille de vingt ans entre en coup de vent.

LA FILLE DE VINGT ANS : — Hello, mother. Dis donc, tu en fais une tête !

LA MALADE : — Ce n'est rien. Juste un peu fatiguée.

LA FILLE DE VINGT ANS : — Toi, fatiguée ? Tu plaisantes. Tu ne t'es jamais mieux portée qu'en ce moment. Regarde-toi : fraîche, rose, mince comme un fil. Et puis, tu devrais être contente : tu es là toute la journée, tu peux enfin t'occuper de moi. Tu vois, il n'est jamais trop tard pour devenir une bonne mère.

LA MALADE *(bredouillant)* : — Il faudrait quand même que nous parlions de certaines choses, toi et moi. Au cas où ça se terminerait mal.

LA FILLE DE VINGT ANS *(éclatant de rire)* : —

Ma pauvre mère, qu'est-ce que tu peux dire comme sottises aujourd'hui. Que veux-tu qu'il t'arrive ? Tu ne risques même pas de passer sous un autobus : tu ne sors pratiquement plus que pour faire les courses. À propos, tu n'aurais pas un paquet de café ? Mes placards sont vides.

Dix-sept heures. La malade a trouvé dans sa boîte aux lettres un livre écrit par une célèbre consœur et amie. Sachant que celle-ci la mentionne à plusieurs reprises, elle cède à une curiosité bien naturelle et le feuillette pour repérer son nom. Au bout de quelques minutes, elle saisit son téléphone.

LA MALADE : — Allô, Françoise, je t'appelle pour te dire que j'ai bien reçu ton bouquin.

L'AUTEUR *(prise de court)* : — Tu l'as déjà lu ? Je suis prête à entendre toutes les critiques, tu sais. Tu as dû remarquer que je t'avais piqué une page de ton prochain livre. Il est vrai que je ne t'ai pas demandé la permission mais entre nous, n'est-ce pas, nous n'allons pas faire intervenir des notions aussi égoïstes que celle de propriété littéraire.

LA MALADE : — Oh, ce n'est pas ça, tout ce qui est à moi est à toi. Je voulais simplement te faire observer que tu m'as confondue avec le Joe de Dalton Trumbo.

L'AUTEUR *(dont la spécialité n'est pas la littérature américaine)* : — Qu'entends-tu par là ?

LA MALADE *(précisant sa pensée)* : — Il s'agit de ce grand blessé de guerre qui se réveille sur son lit d'hôpital réduit à l'état de tronc.

L'AUTEUR *(surprise)* : — Et alors ?

LA MALADE : — Dans ton livre, tu m'as coupé les deux seins et un poumon entier. En réalité, on ne m'a enlevé qu'un quart de sein et un demi-poumon.

L'AUTEUR *(soulagée)* : — Je suis vraiment navrée. Je te rendrai tout ça dans la réimpression.

LA MALADE : — Oui, s'il te plaît, parce que, n'oublie pas, dans les dernières pages, tu me dédies à Jésus-Christ en même temps que les Tutsis, les Hutus et les Bosniaques en péril. Si j'étais dans l'état que tu me prêtes, je crois que j'arriverais chez Lui bien avant eux.

L'AUTEUR : — Entendu. Mais le reste ?

LA MALADE : — Tu te demandes quels sont mes rapports avec l'Éternel. Eh bien, je ne te le cache pas, ils sont exécrables. J'ai des raisons de lui en vouloir depuis cinquante ans. Offre-moi donc du Béluga et une bonne bouteille de vodka plutôt qu'une éternité de bonheur auprès de mon assassin. Je préfère ça de beaucoup.

Dix-neuf heures. En robe de chambre, sa perruque dans le placard et les pieds dans ses pantoufles, la malade étudie les programmes de télévision en espérant y trouver matière à distraction : TF 1, Vingt heures trente : Seul avec son destin. *Dramatique. Le petit Arthur vient de perdre sa mère terrassée par un cancer incurable... France 2, vingt heures quarante-cinq : Film suivi d'un débat sur un sujet qui nous concerne tous : l'euthanasie. Des conjoints de patients atteints d'un cancer en phase terminale viendront nous donner leur avis sur la question. France 3, vingt heures cinquante : Grande émission médicale sur une maladie que le sida a fait un peu oublier : le cancer. Des spécialistes feront le point sur ce mal aux conséquences encore trop souvent mortelles. Canal +, vingt heures trente : Film américain sur l'héroïque résistance d'une jeune danseuse aux jambes rongées par une tumeur maligne. Arte, vingt et une heures : Documentaire sur un hôpital d'Afrique noire consacré aux malades atteints de pneumocystose ou de cancer du poumon dans les derniers jours de leur sida.*

Vingt heures. La malade perçoit derrière sa porte des bruissements et des rires étouffés. Intriguée, elle tend l'oreille. La sonnette rythme avec fracas les accents de « Ce n'est qu'un début, continuons le...

combat. » Elle se traîne jusqu'à la porte, débloque le verrou et entrouvre le battant. Une quinzaine de ses amis et connaissances s'engouffrent chez elle, brandissant bouteilles de champagne et bouquets de fleurs. Étouffée sous les embrassades, la malade recule, effrayée.

LES AMIS : — Surprise, surprise, on vient fêter ta guérison.

LA MALADE : — Mais qui vous a dit que...

LES AMIS : — Nous savons que ton traitement a été allégé des deux tiers. C'est épatant. Tu vivais jusqu'ici comme une petite vieille. Tu vas pouvoir reprendre une existence normale. Alors on t'a apporté des cadeaux.

LA MALADE *(regrettant sa perruque, toujours dans le placard)* : — C'est peut-être un peu prématuré mais asseyez-vous donc.

LES AMIS : — Ne bouge pas, on connaît la maison... *(Les verres s'entrechoquent, saucissons et pâtés s'alignent sur la table basse, la Neuvième Symphonie de Beethoven explose sur la platine.)* Prématuré ? Comment ça ?

LA MALADE : — Mon cancérologue m'a allégé mon traitement, c'est exact, mais il m'a aussi annoncé qu'il le maintiendrait en vitesse de croisière pendant des années.

LES AMIS *(se récriant à grand bruit tandis que le chat terrifié se cache sous le fauteuil)* : — Des années ?

LA MALADE : — C'est un cancer qui récidive. Il faut trouver un modus vivendi entre lui et moi.

LES AMIS *(chassant de la main la fumée de leurs cigarettes)* : — Allons, tu sais bien que les médecins prêchent toujours le pire. Le tien veut simplement te faire peur pour t'empêcher de fumer.

LA MALADE : — Je n'ai pas peur.

LES AMIS : — Écoute, on n'avait pas l'intention de te le dire mais on en a parlé autour de nous. Il paraît que son diagnostic est faux, que cette affaire est une métastase de ton cancer du sein.

LA MALADE : — Qui vous a raconté ça ?

LES AMIS : — Un garçon très bien, en troisième année de médecine. Il a interrogé son chef de service, un ponte d'un des hôpitaux les plus en pointe de Paris.

LA MALADE *(sentant la moutarde lui monter au nez)* : — Il a vu l'analyse pathologique ? Il a lu le compte rendu opératoire ?

LES AMIS : — Non, bien sûr, mais il estime que ton cancérologue se trompe souvent dans son diagnostic. Tu devrais aller le consulter.

LA MALADE *(ayant envie de les étrangler tous)* : — Combien de fois devrai-je vous répéter que je fais entièrement confiance à mon cancérologue. Il va falloir apprendre à vivre avec ce traitement, voilà tout.

LES AMIS : — Enfin, tu ne souffres pas, c'est l'essentiel.

LA MALADE *(incapable de se taire)* : — La fatigue est une douleur.

LES AMIS : — On a du mal à te comprendre. Quand ton médecin t'a balancé son diagnostic (avec une brutalité inutile, selon nous), tu as formidablement réagi. Maintenant tu faiblis.

LA MALADE : — Écoutez, je vais essayer de vous expliquer. Je vis dans un autre univers spatio-temporel que le vôtre. La différence, c'est que la date de votre mort à vous reste floue et que la mienne est fixée, ou à peu près. Ça ne m'empêche pas de vivre. Ni de rire.

LES AMIS *(pontifiant)* : — Peut-être dois-tu apprendre à faire le deuil de ta propre mort. Mais on t'avait conseillé de jouer les Cosette en allant le voir : chandail noir, maquillage blême. Tu lui serais tombée en larmes dans les bras. Il aurait mesuré ta fatigue.

LA MALADE *(carrément insupportable)* : — Vous savez bien que je ne peux pas pleurer. L'ophtalmo m'a dit que j'avais les glandes lacrymales sidérées par un médicament.

Rock around the clock *remplace la Neuvième*

Symphonie. Deux couples dansent. Le chat saute dans la baignoire, les pattes sur les oreilles.

LA MALADE *(changeant de sujet)* : — Au fait, je vois que tout le monde est là, sauf Hélène et José.

LES AMIS *(toussotant)* : — Ah, c'est vrai, tu ne sais pas.

LA MALADE : — Je ne sais pas quoi ?

LES AMIS : — Ils ont eu un accident de voiture.

LA MALADE : — Grave ?

LES AMIS : — Plutôt. Hélène est paralysée à vie. José est mort.

LA MALADE : — Mort ! Mais ça s'est passé quand ?

LES AMIS : — Il y a six mois.

LA MALADE : — Et pourquoi ne m'avez-vous rien dit ?

LES AMIS : — Pour ne pas t'impressionner.

LA MALADE : — Sortez.

LES AMIS : — Tu ne te sens pas bien ?

LA MALADE *(explosant)* : — Cessez de régenter ma vie. Tantôt vous me trouvez trop malade pour supporter la mort d'un de mes meilleurs amis. Tantôt vous me considérez comme guérie alors que je ne le suis pas.

LES AMIS : — Mais voyons, tu l'es. Ce qui ne va pas, peut-être, c'est la tête. Tu devrais reprendre un antidépresseur.

LA MALADE : — Combien de fois faudra-t-il vous le répéter ? Je ne suis pas déprimée, je suis fatiguée. Allez-vous-en.

LES AMIS *(dans un grand froissement de papiers)* : — Mais tes cadeaux ? Regarde, puisque tu vas sûrement recommencer à travailler sous peu, un filofax, trois Mont-Blanc, à plume, à bille, à pointe feutre, un sac à manuscrits. Et puis, il faut qu'on te dise : on est allés à l'Observatoire et on a donné ton nom à une étoile. Voilà le récépissé sur vélin.

LA MALADE *(déchaînée)* : — Dehors !

Les amis, désolés, s'en vont, non sans avoir le tact de laisser les cadeaux sur place. Le calme revient. Le chat risque une moustache à la porte du salon. Le rideau tombe.

DU MÊME AUTEUR

Aux Presses de la Renaissance

LE MIRADOR, 1992

Composition Traitext
et impression Bussière
à Saint-Amand (Cher), le 11 décembre 1995.
Dépôt légal : décembre 1995.
Numéro d'imprimeur : 2980.
ISBN 2-07-039477-8./Imprimé en France.

74876